Los tres osos

Primeros Cuentos

texto de Wendy Boase
ilustraciones de Carolyn Bull
traducción de María Puncel

Había una vez tres osos que vivían en
una casita en el bosque. Un oso era
muy grande, otro oso era de tamaño
mediano y el tercer oso era pequeño,
pequeño. A los tres les gustaba mucho la
papilla de avena y cada uno tenía
su propio cuenco para comerla. El oso
grande tenía un cuenco grande, el oso
mediano tenía un cuenco mediano y el
oso pequeño tenía un cuenco pequeño.

Cada mañana, los tres osos salían a
dar un paseo mientras su papilla de avena
se enfriaba.

Cierta mañana, mientras los tres osos
estaban de paseo, una niña llamada
Rizos de Oro llegó hasta su casa.
Primero miró por la ventana. Después
curioseó a través del ojo de la
cerradura.

—¿No hay nadie?— preguntó. Y como
nadie le contestó, abrió la puerta y
entró.

La comida de los tres osos olía tan bien que a Rizos de Oro le entró un hambre terrible. Probó la papilla del cuenco grande y se quemó la lengua. La papilla del cuenco mediano estaba tan helada que sintió escalofríos; pero la papilla del cuenco pequeño estaba justo como a ella le gustaba y se la comió toda.

Rizos de Oro se sintió cansada, así que buscó dónde sentarse. Primero probó el gran sillón. Era muy alto y el asiento durísimo.

Entonces Rizos de Oro probó la butaca
mediana. El asiento era tan blando
que se hundió completamente en él.

«Me parece que la silla pequeña es la más cómoda», se dijo Rizos de Oro. Y se dejó caer en ella con tan poco cuidado que la rompió en pedazos y se cayó, ¡cataplum!, al suelo.

Rizos de Oro fue entonces a probar las camas. La cama grande era demasiado alta y tenía la colcha demasiado gruesa. La cama mediana era demasiado baja y tenía una colcha demasiado fina.

Rizos de Oro se acercó a la cama pequeña que estaba junto a la ventana. Era justamente del tamaño que le iba bien y tenía una colcha del grueso que a ella le gustaba. Tan pronto como Rizos de Oro se acostó en la cama se quedó dormida. Y entonces los tres osos volvieron a su casa; venían hambrientos después del paseo.

—Alguien ha probado mi papilla— dijo
el oso grande con una voz ronca.
   —Alguien ha probado mi papilla— dijo
el oso mediano con una voz clara.
   —Alguien ha probado mi papilla— dijo
el oso pequeño con una voz finita—,
y ¡se la ha comida toda!

Los tres osos fueron a sentarse.

—Alguien se ha sentado en mi sillón— rugió el oso grande.

—Alguien se ha sentado en mi butaca— gruñó el oso mediano.

—Alguien se ha sentado en mi silla— gimió el oso pequeño—. ¡Y me la ha roto en mil pedazos!

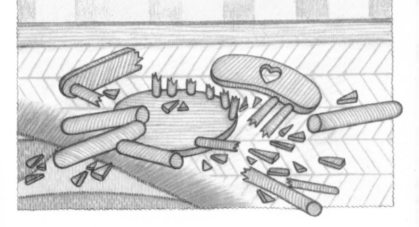

Los tres osos se acercaron a sus
camas.

—Alguien se ha acostado en mi cama— bramó
el oso grande.

—Alguien se ha acostado en mi cama— gritó
el oso mediano.

—Alguien se ha acostado en mi cama— chilló
el oso pequeño—, ¡y todavía está
allí!

La vocecita fina era tan aguda que Rizos de Oro se despertó inmediatamente. Cuando vio a los tres osos se cayó de la cama asustadísima.

Luego se encaramó en la ventana y saltó fuera. Huyó a través del bosque a toda velocidad y los osos nunca más volvieron a saber nada de ella.

Original title: Three Bears
First published, 1983 by Walker Books Ltd.
First published in Spanish, 1985 by Altea

© 1995 by Santillana Publishing Co., Inc.
901 West Walnut Street, Compton, CA 90220

Printed in Korea

ISBN: 1-56014-475-0